PAUL BERTON.

DIALOGUE

ENTRE

L'ABONDANCE ET LE CHAMPAGNE.

BONHEUR DE L'ÉCOLIER.

CHATEAUROUX,

TYPOGRAPHIE ET LITHOGRAPHIE Vᵉ MIGNÉ.

1865.

PAUL BERTON.

DIALOGUE

ENTRE

L'ABONDANCE ET LE CHAMPAGNE.

BONHEUR DE L'ÉCOLIER.

CHATEAUROUX,

TYPOGRAPHIE ET LITHOGRAPHIE Vᵉ MIGNÉ.

1865.

DIALOGUE

ENTRE

L'ABONDANCE & LE CHAMPAGNE.

DIALOGUE

ENTRE

L'ABONDANCE ET LE CHAMPAGNE.

L'ABONDANCE.

Quel est cet inconnu que là-bas j'aperçois?

LE CHAMPAGNE.

Je vois ce teint pâli pour la première fois...

L'ABONDANCE.

Étranger, votre nom?

LE CHAMPAGNE.

   Tenez, savez-vous lire?
Sur mon ventre arrondi l'on eut soin de l'écrire:
Natif de Sillery, Champagne, vin mousseux,
Connu dans l'univers et dans mille autres lieux!
Et vous, à votre tour, votre nom, je vous prie?

L'ABONDANCE.

L'Abondance !

LE CHAMPAGNE.

Salut à votre seigneurie !

L'ABONDANCE.

Nous sommes, Dieu merci, d'assez bonne maison :
Mon père est un gros vin des coteaux d'Argenton.

LE CHAMPAGNE.

Oh je n'en doute pas !.. Mais monsieur votre père,
Ou je me trompe fort, épousa la rivière,
Car je ne vis jamais de teint aussi blafard :
Vous auriez grand besoin de mettre un peu de fard !

L'ABONDANCE.

Cette pâleur, Monsieur, atteste ma sagesse,
Et, telle que je suis, je plais à la jeunesse.

LE CHAMPAGNE.

Plaire n'est pas le mot ! Dites que dans ces lieux,
Madame, l'on vous souffre, hélas ! faute de mieux ;
Mais, s'ils avaient le choix, tous ces Messieurs, je gage,
A moi plutôt qu'à vous porteraient leur hommage.

L'ABONDANCE.

Vous me parlez bien ferme, et votre vanité
Pourrait subir, Monsieur, un échec mérité ;
Vos outrageants discours ne me sauraient atteindre ;
Mon pouvoir est solide et je n'ai rien à craindre ;
Et votre grand fracas, vos airs de brise-tout
Soyez-en sûr, Monsieur, sont du plus mauvais goût !

LE CHAMPAGNE.

Hé pourquoi voulez-vous, morbleu! que je me taise?
Laissez-moi pétiller et mousser à mon aise.
Ne suis-je pas toujours père de la gaîté?
Et vive le plaisir! vive la liberté!

L'ABONDANCE.

Gaîté folle et funeste!.. O mes enfants, je tremble:
Car il s'en faut beaucoup qu'à Monsieur je ressemble,
Moi qui vous abreuvais d'un lait pur constamment...

LE CHAMPAGNE.

Oui, c'était du plus clair et du moins excitant!

L'ABONDANCE.

Eh quoi! toujours, méchant, rire de ma faiblesse!..
O poison séducteur de la tendre jeunesse,
Vous bouleverserez ces esprits enfantins,
Des meilleurs écoliers vous ferez des mutins ;
Tandis que sur ces maux gémissant en mon âme,
Triste je pleurerai!... Voilà vos traits, infâme! —
Je le sais, tout d'abord vous avez des douceurs,
Et votre air innocent vous gagne tous les cœurs ;
Mais, que de maux bientôt vous versez à la ronde,
Source délicieuse en misères féconde!

LE CHAMPAGNE.

Vous me jugez bien mal; non, je viens en passant,
Sans troubler leur esprit, fouetter un peu leur sang.
Et que de chansonniers dont j'échauffe la verve,
Qui, sans moi, rimeraient en dépit de Minerve!..
Écoutez ce couplet, que chantait en buvant
Un homme aimé de tous, du petit et du grand ;
    « Mes bons amis, voulez-vous dans la joie

Passer quelques instants sereins :
Buvez un peu ; c'est dans le vin qu'on noie
L'ennui, l'humeur et les chagrins,
A longs flots puisez l'allégresse
Dans ces flacons d'un vin mousseux.... »

L'ABONDANCE.

Oui toujours des couplets ! oui toujours des folies !
Toujours de méchants mots, toujours des railleries !
C'est éternel chez vous !... Mais, de cette chanson,
S'il vous plaît, cher Monsieur, que concluez-vous donc ?
De quelques insensés si la troupe avinée
Vous chante en vous buvant, la face enluminée,
En retour, les meilleurs, les plus sages humains,
Exemple Diogène, en leurs maigres festins
N'admettaient que moi seule, où l'eau ma sœur chérie :
C'est chez nous qu'ils puisaient tant de philosophie.

LE CHAMPAGNE.

Hum ! je n'en sais trop rien ; il avait un tonneau,
Diogène, qu'on dit boire toujours de l'eau.
Mais, quand son tonneau plein, devint un tonneau... vide
Pour apaiser la soif d'un gosier trop aride
Il eut recours à l'eau ; cela faute de mieux !
Car il eut préféré quelque vin généreux ;
Puis, pour combler le trou qu'avait fait son ivresse,
Cynique et tout chagrin y logea sa sagesse.

L'ABONDANCE.

Quel sacrilége impie ! Eh Monsieur, respectez
La sagesse, du moins ; toujours vous plaisantez,
Toujours la gaîté folle est chez vous en usage :
Ne serez-vous jamais une seule fois sage ?

LE CHAMPAGNE.

C'est ma nature à moi, pourquoi me quereller ?
De sagesse aujourd'hui pourquoi venir parler ?
Madame, de la joie on me nomme le père,
Et quand il m'a créé, Dieu m'a fait nécessaire...
Tranchons à l'amiable et parlons doucement :
Toute l'année, ici, vous régnez largement,
Laissez-moi donc mon tour, accordez m'en la grâce
Aujourd'hui, puis demain reprenez votre place,
Et cessez de troubler la fête par vos cris !
Laissez-moi, pour un jour, animer leurs esprits,
Leur verser du plaisir la coupe enchanteresse,
Leur donner le bonheur en leur donnant l'ivresse...
Demain ! (Ah ce mot seul fait trembler bien des cœurs !)
Aujourd'hui jour de joie et demain jour de pleurs !
Demain, il leur faudra, pâlissant sur Homère,
D'Agamemnon, d'Achille expliquer la colère,
Feuilleter le *Gradus* avec un saint respect,
Ou bailler noblement sur X et sur Y...
Adieu !... Mon bouchon saute, et mon règne commence !!.

L'ABONDANCE.

Et nous, jusqu'à demain, vivons pour la vengeance !...

Rhétorique (Lettres).

BONHEUR DE L'ÉCOLIER.

BANQUET DE LA SAINT-CHARLEMAGNE

AU

LYCÉE DE CHATEAUROUX.

2 Février 1865.

———

BONHEUR DE L'ÉCOLIER.

Trop heureux l'écolier s'il connaît son bonheur!
Car l'avenir sourit à sa jeunesse en fleur.
Bercé par l'espérance, il s'endort, il s'éveille,
Sans peur du lendemain, sans regret de la veille;
Sa lèvre, de la coupe où l'homme boit le fiel,
N'effleure que le bord, n'aspire que le miel!

Il trouve en ses auteurs, amis de son enfance,
Du beau, du vrai, du bien la divine semence.
S'il croit en l'avenir, il vit dans le passé:
C'est pour lui que déjà trois mille ans ont pensé.
Le forum lui redit les accents du grand homme
Qui fut, trente ans, la voix et la gloire de Rome,
Et l'écho de l'Attique à son cœur transporté
Répète encor ces mots : « Patrie et Liberté ! »
Après les orateurs il relit les poètes:
Son âme suit Ulysse au milieu des tempêtes,

Ariane l'émeut pleurant son abandon,
Il lutte avec Enée, il meurt avec Didon !
Sur le cristal mouvant des ondes de Banduse
Il se penche…, et sourit à la folâtre Muse
Qui, tenant en ses mains le luth d'Anacréon,
Mêle à ses doux accords une douce chanson !

Faut-il citer encor ceux dont la France est fière ?
L'harmonieux Racine, et le profond Molière,
Corneille en qui revit l'âme des vieux Romains,
Pascal aux traits amers, Voltaire aux ris malins,
Le sage Despréaux qui s'assied au Parnasse
Au-dessus de Régnier, presque au niveau d'Horace,
Descartes qui vengea les droits de la raison,
L'éloquent Bossuet, le touchant Fénélon ?
Que de grandes leçons il puise en leur commerce !
Son âme s'ennoblit et son esprit s'exerce ;
Et tel que ce héros, terreur des nations,
Il suce tout enfant la moelle des lions !

L'esprit se lasserait d'un travail sans relâche ;
Aussi pour l'écolier le repos suit la tâche.
La cloche fait entendre un tintement joyeux,
Et voici qu'au labeur vont succéder les jeux.
On suspend au hasard la phrase commencée.
Comme un vol de moineaux l'étude dispersée
Remplit toute la cour de tumulte et de bruit…
On s'appelle, on se presse, on se heurte, on se fuit ;
Chacun choisit ses jeux qu'il varie à sa guise,
Liberté du plaisir est la seule devise.
Ici la balle-au-mur, là les barres ; plus loin
Des rhétoriciens s'assemblent dans un coin
Pour discuter le sens d'une phrase maudite
Qui met tout à l'envers leur cervelle érudite,
Et des logiciens, philosophes d'hier,
Dissertent gravement, ou du moins… en ont l'air.

L'heure vient : on l'entend sonner sans amertume,
Et, l'esprit reposé, chacun reprend sa plume.

La cloche tinte encor : c'est l'heure du repas,
Repas simple et modeste, où les mets délicats
Et les vins des grands crus brillent... par leur absence.
Qui donc les a proscrits? L'hygiène, je pense.
Tandis que le bouilli, très-sain, très-nourrissant,
Le haricot, qui nage en un vaste océan,
Sur sa table est servi sans que l'art l'empoisonne...
Mieux que le cuisinier l'appétit l'assaisonne.

Mais, une fois l'année, au plus prochain hôtel,
Pour dresser le dîner on emprunte un Vatel.
Des vins plus recherchés, des mets plus délectables,
Étonnés de s'y voir, paraissent sur nos tables;
L'Abondance fait place au Champagne mousseux,
Et le Bordeaux succède à des crus... plus douteux.
L'on dit même, l'on dit (mémorable prodige!)
Que saisi tout à coup d'un esprit de vertige,
Délaissant ses grands bois, un timide chevreuil
Du lycée, en ce jour, ose franchir le seuil!.. —
C'est la Saint-Charlemagne, où l'on rit et babille,
Qu'assemblés maintenant nous fêtons en famille,
Où le disciple assis près de son professeur
En de doux entretiens épanche alors son cœur.

Sache entendre, écolier, la voix de la sagesse :
Aime donc ce lycée, où ta faible jeunesse,
Pour défier le flot n'étant pas faite encor,

Trouve contre l'orage un abri dans le port!..
Tu connaîtras trop tôt les orages du monde !
Puisque par le travail l'avenir se féconde,
De tous ces jours sereins profite avec ardeur :
Et sache désormais connaître ton bonheur !

Philosophie (Lettres).